*This **book** belongs to:*

_____

Mulberry Alone in the Park

Text©Sally Grindley 1998

Illustrations©Tania Hurt-Newton 1998

First published in Great Britain in 1998 by

Macdonald Young Books

莫伯利蹺家記

Sally Grindley 著

Tania Hurt-Newton 繪

張憶萍 譯

三民書局

The front door had been left open.
Mulberry stood in the **hall** and looked
puzzled.

"Is it doggy **walkies** time?" he **barked**.

"It doesn't feel like doggy walkies time
but I'm happy to go."

前門一直是開著的。

莫伯利站在玄關，一臉困惑的樣子。

「現在是狗狗的散步時間嗎？」他汪汪地說。

「好像不是散步時間，不過我倒是很喜歡出去走走呢！」

hall [hɔl] 名 玄關
puzzled [`pʌzḷd] 形 困惑的
walkies [`wɔkɪz] 名 （小狗的）散步
bark [bark] 動 吠

3

Nobody came.

"We could go to the park," he barked.

Still nobody came. "Then I'll go on my own," barked Mulberry.

沒有人來。

「我們可以去公園玩哦！」他叫著。

還是沒有人理會他。「那我就自己去囉！」莫伯利汪汪地叫著。

nobody [`no͵bɑdɪ] 名 沒有人
still [stɪl] 副 仍然，還是

He **trotted** down the **steps** before he could **change his mind**. At the **bottom**, he looked right and then left and then right again and went left.

他還來不及改變主意，便已經快步走下階梯。在階梯口，他看看右邊，然後看看左邊，再看了看右邊，他決定往左邊走。

trot [trɑt] 動 快步走
step [stɛp] 名 臺階
change one's mind 改變主意
bottom [`bɑtəm] 名 底部

Soon he came to a road.

Cars **zoomed past** him — zoom!

Lorries boomed past him — boom!

Mulberry didn't like it. They were too fast and too loud.

Mulberry saw a **gap**. Run for it, Mulberry, run! He stepped off the **pavement**. **Toot** toot toot! **Honk** honk honk! **Screeeeech**! Mulberry didn't like **cross** voices so he kept on running.

不ㄅㄨˋ一ㄧˋ會ㄏㄨㄟˋ兒ㄦˊ，他ㄊㄚ來ㄌㄞˊ到ㄉㄠˋ了ㄌㄜ一ㄧˋ條ㄊㄧㄠˊ大ㄉㄚˋ馬ㄇㄚˇ路ㄌㄨˋ上ㄕㄤˋ。

車ㄔㄜ子ㄗˇ隆ㄌㄨㄥˊ隆ㄌㄨㄥˊ地ㄉㄧˋ經ㄐㄧㄥ過ㄍㄨㄛˋ他ㄊㄚ身ㄕㄣ邊ㄅㄧㄢ一ㄧˋ隆ㄌㄨㄥˊ！

卡ㄎㄚˇ車ㄔㄜ轟ㄏㄨㄥ轟ㄏㄨㄥ地ㄉㄧˋ經ㄐㄧㄥ過ㄍㄨㄛˋ他ㄊㄚ身ㄕㄣ邊ㄅㄧㄢ一ㄧˋ轟ㄏㄨㄥ！

莫ㄇㄛˋ伯ㄅㄛˊ利ㄌㄧˋ不ㄅㄨˋ喜ㄒㄧˇ歡ㄏㄨㄢ它ㄊㄚ們ㄇㄣ，它ㄊㄚ們ㄇㄣ開ㄎㄞ得ㄉㄜ太ㄊㄞˋ快ㄎㄨㄞˋ而ㄦˊ且ㄑㄧㄝˇ聲ㄕㄥ音ㄧㄣ大ㄉㄚˋ得ㄉㄜ讓ㄖㄤˋ人ㄖㄣˊ受ㄕㄡˋ不ㄅㄨˋ了ㄌㄧㄠˇ。

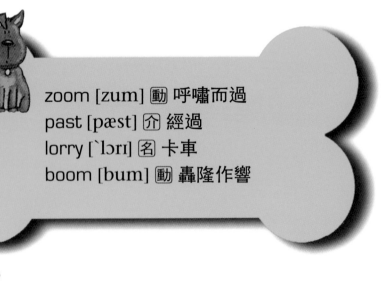

zoom [zum] 動 呼嘯而過
past [pæst] 介 經過
lorry [`lɔrɪ] 名 卡車
boom [bum] 動 轟隆作響

莫ㄇㄛˋ伯ㄅㄛˊ利ㄌㄧˋ看ㄎㄢˋ見ㄐㄧㄢˋ有ㄧㄡˇ個ㄍㄜˋ空ㄎㄨㄥ隙ㄒㄧˋ。跑ㄆㄠˇ啊ㄚ！莫ㄇㄛˋ伯ㄅㄛˊ利ㄌㄧˋ，快ㄎㄨㄞˋ跑ㄆㄠˇ！他ㄊㄚ跳ㄊㄧㄠˋ下ㄒㄧㄚˋ人ㄖㄣˊ行ㄒㄧㄥˊ道ㄉㄠˋ。嘟ㄉㄨ嘟ㄉㄨ嘟ㄉㄨ！叭ㄅㄚ叭ㄅㄚ叭ㄅㄚ！嘎ㄍㄚ——！莫ㄇㄛˋ伯ㄅㄛˊ利ㄌㄧˋ不ㄅㄨˋ喜ㄒㄧˇ歡ㄏㄨㄢ這ㄓㄜˋ些ㄒㄧㄝ嘈ㄘㄠˊ雜ㄗㄚˊ的ㄉㄜ聲ㄕㄥ音ㄧㄣ，所ㄙㄨㄛˇ以ㄧˇ他ㄊㄚ繼ㄐㄧˋ續ㄒㄩˋ向ㄒㄧㄤˋ前ㄑㄧㄢˊ跑ㄆㄠˇ。

gap [gæp] 名 空隙
pavement [`pevmənt] 名 人行道
toot [tut] 動 嘟嘟地響
honk [hɔŋk] 動 喇叭聲響
screech [skritʃ] 動
　（煞車）發出刺耳的聲音
cross [krɔs] 形 交錯的

At last he reached the park. He **raced** over to the trees. A **squirrel** ran across the grass. It stopped and **stared** at Mulberry.

Mulberry stared back.

"You run and I'll **chase** you," **growled** Mulberry.

Time to chase squirrels!
追松鼠時間到囉！

公園終於到了。他衝到樹下。剛好有一隻松鼠跑過草地。松鼠停了下來，盯著莫伯利瞧。

莫伯利也回看他一眼。

「你跑啊，看我怎麼追你。」莫伯利低吼著。

at last 終於，最後
race [res] 勔 跑
squirrel [ˋskwɝəl] 名 松鼠
stare [stɛr] 勔 盯著看《at》
chase [tʃes] 勔 追趕
growl [graʊl] 勔 低吼

The squirrel ran up a tree.

"You were too quick," barked Mulberry. The squirrel **jumped** across to another tree.

"Come back down," barked Mulberry. The squirrel jumped across to another tree and another until it was **out of sight**.

松鼠爬上了一棵樹。

「你跑得太快了啦！」莫伯利汪汪叫著。松鼠跳到另一棵樹。

「下來啊！」莫伯利汪汪叫著。

松鼠一棵接著一棵樹地跳個不停，一會兒就不見蹤影了。

jump [dʒʌmp] 動 跳
out of sight 看不見

Mulberry **pretended** not to **care**.
He ran through the fallen leaves,
grabbed a stick in his **jaws** and trotted
along a path.

Another dog came trotting along the path
toward him. Mulberry stopped and
growled. The other dog **snarled.**

莫伯利假裝不在乎。

然後，他跑過地上的落葉，叼起一根樹枝，快步地走在一條小徑上。

另一隻狗正沿著這條小徑朝他走來。莫伯利停了下來，發出低吼的聲音。那隻狗也張著牙對著莫伯利大吼起來。

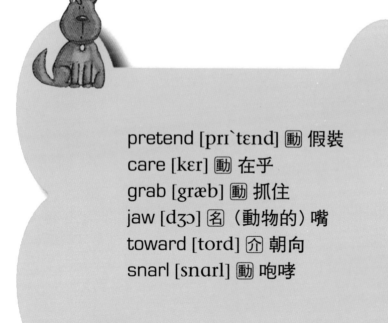

pretend [prɪ`tɛnd] 動 假裝
care [kɛr] 動 在乎
grab [græb] 動 抓住
jaw [dʒɔ] 名 （動物的）嘴
toward [tord] 介 朝向
snarl [snɑrl] 動 咆哮

The other dog ran at Mulberry.

Mulberry tried to **escape**. The other dog was fast. Mulberry could feel him **catching up**. Mulberry could feel his hot dog **breath**.

那ㄋㄚˋ隻ㄓ狗ㄍㄡˇ追ㄓㄨㄟ著ㄓㄜ˙莫ㄇㄛˋ伯ㄅㄛˊ利ㄌㄧˋ跑ㄆㄠˇ。

莫ㄇㄛˋ伯ㄅㄛˊ利ㄌㄧˋ想ㄒㄧㄤˇ要ㄧㄠˋ逃ㄊㄠˊ跑ㄆㄠˇ。可ㄎㄜˇ是ㄕˋ那ㄋㄚˋ隻ㄓ狗ㄍㄡˇ跑ㄆㄠˇ得ㄉㄜˊ好ㄏㄠˇ快ㄎㄨㄞˋ！莫ㄇㄛˋ伯ㄅㄛˊ利ㄌㄧˋ感ㄍㄢˇ覺ㄐㄩㄝˊ得ㄉㄜˊ到ㄉㄠˋ他ㄊㄚ快ㄎㄨㄞˋ要ㄧㄠˋ追ㄓㄨㄟ上ㄕㄤˋ來ㄌㄞˊ了ㄌㄜ˙，莫ㄇㄛˋ伯ㄅㄛˊ利ㄌㄧˋ也ㄧㄝˇ感ㄍㄢˇ覺ㄐㄩㄝˊ得ㄉㄜˊ到ㄉㄠˋ自ㄗˋ己ㄐㄧˇ不ㄅㄨˋ斷ㄉㄨㄢˋ呼ㄏㄨ出ㄔㄨ的ㄉㄜ˙熱ㄖㄜˋ氣ㄑㄧˋ。

escape [əˋskep] 動 逃脫
catch up 追上
breath [brɛθ] 名 氣息，呼吸

19

Then somebody **shouted cross** words.
"Stop it, Tugger, stop! **Come to heel** now!"
Mulberry stopped and looked round. Tugger
went to heel.

這時有人生氣地大叫：「做什麼！塔克！停下來！過來！」莫伯利停下來四處張望，看見塔克乖乖地朝主人跑去。

shout [ʃaut] 動 大聲叫出
cross [krɔs] 形 生氣的
come to heel （狗）緊跟在主人後面

He turned to stare at Mulberry.
Mulberry **wagged** his tail and trotted
away with the stick still in his jaws.

他還轉過來瞪了莫伯利一一眼。

莫伯利搖了搖尾巴，快步跑開，嘴裡還叼著那根樹枝！

wag [wæg] 動 搖動

The path led to the pond. There were ducks round the pond. Mulberry **leapt** into the water — **splash**! **Quack** quack quack! quacked the ducks. They **flapped** their wings and **paddled** away from him.

這條小徑通到池塘，池塘裡正有一群鴨子。莫伯利跳到池子裡——噗通一聲！呱呱呱！鴨子呱呱呱地叫著。他們紛紛拍著翅膀，用力划水，想要離莫伯利遠一點兒。

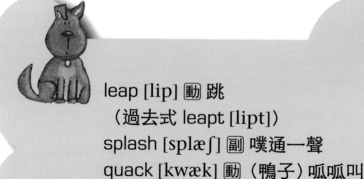

leap [lip] 動 跳
（過去式 leapt [lipt]）
splash [splæʃ] 副 噗通一聲
quack [kwæk] 動 （鴨子）呱呱叫
flap [flæp] 動 拍動
paddle [ˋpædl] 動 划水

Mulberry doggy–paddled as fast as he could.

"Wait for me," he **gasped**.

Quack quack quack! quacked the ducks. They flapped their wings and **flew** away.

莫伯利用狗爬式奮力地游著。

「等等我啊！」他喘著氣說。

呱呱呱！鴨子們呱呱呱地叫個不停，拍拍翅膀飛走了。

gasp [gæsp] 勔 喘氣

fly [flaɪ] 勔 飛

（過去式 flew [flu]）

Mulberry saw a little **boat sailing** toward him. He doggy–paddled over to it and grabbed it in his jaws.

A boy shouted at him. Mulberry jumped out of the water and ran over to him.

這ㄓˋ時ㄕˊ，莫ㄇㄛˋ伯ㄅㄛˊ利ㄌㄧˋ看ㄎㄢˋ見ㄐㄧㄢˋ一ㄧˋ艘ㄙㄡ小ㄒㄧㄠˇ船ㄔㄨㄢˊ朝ㄔㄠˊ他ㄊㄚ漂ㄆㄧㄠ來ㄌㄞˊ。他ㄊㄚ用ㄩㄥˋ狗ㄍㄡˇ爬ㄆㄚˊ式ㄕˋ朝ㄔㄠˊ小ㄒㄧㄠˇ船ㄔㄨㄢˊ游ㄧㄡˊ去ㄑㄩˋ，一ㄧˋ口ㄎㄡˇ把ㄅㄚˇ它ㄊㄚ銜ㄒㄧㄢˊ在ㄗㄞˋ嘴ㄗㄨㄟˇ裡ㄌㄧˇ。

有ㄧㄡˇ個ㄍㄜˋ小ㄒㄧㄠˇ男ㄋㄢˊ孩ㄏㄞˊ對ㄉㄨㄟˋ著ㄓㄜ˙他ㄊㄚ大ㄉㄚˋ叫ㄐㄧㄠˋ，莫ㄇㄛˋ伯ㄅㄛˊ利ㄌㄧˋ跳ㄊㄧㄠˋ出ㄔㄨ池ㄔˊ塘ㄊㄤˊ，朝ㄔㄠˊ他ㄊㄚ跑ㄆㄠˇ了ㄌㄜ˙過ㄍㄨㄛˋ去ㄑㄩˋ。

boat [bot] 名 小船
sail [sel] 動 航行

He **dropped** the boat on the ground and **shook** the water from his **fur**.

"Time for my **pat** on the head," he barked. "Bad dog!" shouted the boy.

Mulberry **pricked up his ears**.

"Bad dog! **Naughty** dog!"

Mulberry looked puzzled.

"You've broken my boat!" shouted the boy.

他把小船放到地上，抖掉身上的水。

「該拍拍我的頭〔讚美我〕吧！」他汪汪地叫著。「壞狗狗！」小男孩罵道。

莫伯利豎起了耳朵。

「壞狗狗，頑皮的狗狗！」

莫伯利滿臉困惑。

「你把我的船弄壞了啦！」小男孩大叫著。

drop [drɑp] 動 丟下，放下
shake [ʃek] 動 抖落，搖動
　（過去式 shook [ʃuk]）
fur [fɝ] 名 毛
pat [pæt] 名 輕拍
prick up one's ears　豎起耳朵
naughty [`nɔtɪ] 形 淘氣的

Mulberry's ears dropped. "Did I do wrong?" he **whimpered**. He walked away **with his tail between his legs**.

> Nobody wants to play with me.
> 都沒有人要跟我玩。

He **settled down** under a bush and was soon **fast asleep**.

莫伯利的耳朵垂了下來。「我做錯事了嗎？」他嗚嗚地說著，垂頭喪氣地走開。

他走到樹叢底下坐了下來，不一會兒便沉沉睡去了。

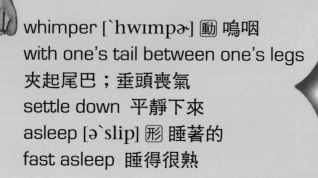

whimper [`hwɪmpɚ] 動 嗚咽
with one's tail between one's legs
夾起尾巴；垂頭喪氣
settle down 平靜下來
asleep [ə`slip] 形 睡著的
fast asleep 睡得很熟

Mulberry was **woken** by a **bang**!

And another — bang!

And then another — bang!

「砰」的一聲吵醒了莫伯利。

又是「砰」的一聲！

然後又是「砰」的一聲！

wake [wek] 動 叫醒

bang [bæŋ] 名 砰砰聲

He **howled** with **fright** and **shot** out from **underneath** the bush. It was dark. Mulberry had never been in the park in the dark.

Suddenly something pink and green and orange shot up into the sky and **lit** up the park. Bang! Bang! Bang!

Mulberry ran howling along the path.

他ㄊㄚ害ㄏㄞˋ怕ㄆㄚˋ地ㄉㄧˋ叫ㄐㄧㄠˋ著ㄓㄜ，從ㄘㄨㄥˊ樹ㄕㄨˋ叢ㄘㄨㄥˊ底ㄉㄧˇ下ㄒㄧㄚˋ衝ㄔㄨㄥ了ㄌㄜ出ㄔㄨ來ㄌㄞˊ。天ㄊㄧㄢ黑ㄏㄟ了ㄌㄜ。莫ㄇㄛˋ伯ㄅㄛˊ利ㄌㄧˋ可ㄎㄜˇ從ㄘㄨㄥˊ來ㄌㄞˊ沒ㄇㄟˊ有ㄧㄡˇ在ㄗㄞˋ晚ㄨㄢˇ上ㄕㄤˋ還ㄏㄞˊ待ㄉㄞ在ㄗㄞˋ公ㄍㄨㄥ園ㄩㄢˊ裡ㄌㄧˇ呢ㄋㄜ！

突ㄊㄨˊ然ㄖㄢˊ間ㄐㄧㄢ，有ㄧㄡˇ個ㄍㄜ又ㄧㄡˋ是ㄕˋ粉ㄈㄣˇ紅ㄏㄨㄥˊ又ㄧㄡˋ是ㄕˋ綠ㄌㄩˋ又ㄧㄡˋ是ㄕˋ橘ㄐㄩˊ的ㄉㄜ東ㄉㄨㄥ西ㄒㄧ沖ㄔㄨㄥ上ㄕㄤˋ了ㄌㄜ天ㄊㄧㄢ空ㄎㄨㄥ，照ㄓㄠˋ亮ㄌㄧㄤˋ整ㄓㄥˇ個ㄍㄜ公ㄍㄨㄥ園ㄩㄢˊ。砰ㄆㄥ！砰ㄆㄥ！砰ㄆㄥ！

莫ㄇㄛˋ伯ㄅㄛˊ利ㄌㄧˋ沿ㄧㄢˊ著ㄓㄜ小ㄒㄧㄠˇ徑ㄐㄧㄥˋ邊ㄅㄧㄢ跑ㄆㄠˇ邊ㄅㄧㄢ叫ㄐㄧㄠˋ。

howl [haʊl] 動 號叫
fright [fraɪt] 名 害怕
shoot [ʃut] 動 猛地跳出《out》
　（過去式 shot [ʃɑt]）
underneath [ˌʌndɚˋniθ] 介
　在…下面
light [laɪt] 動 照亮《up》
　（過去式 lit [lɪt] 或 lighted）

"I want to go home," he barked. Bang!

"I want my doggy basket." Bang!

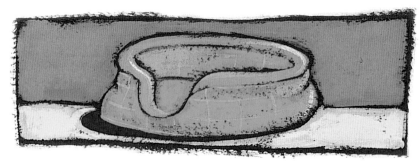

"I want my **chewy bone** and I want my **squeaky** ball." Bang! Bang! Bang!

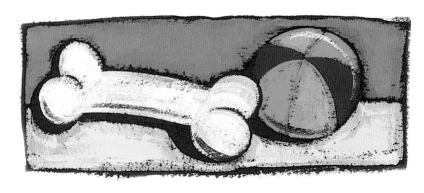

「我想回家。」他汪汪叫著。砰！

「我要回我的狗窩。」砰！

「我要我的狗骨頭和吱吱球。」
砰！砰！砰！

chewy [`tʃuɪ] 形 不易嚼碎的
bone [bon] 名 骨頭
squeaky [`skwikɪ] 形 吱吱叫的

The path was **blocked**. There were legs everywhere. Something gold and silver screeched into the sky and **exploded** in a **shower** of stars. Mulberry **yelped** with fear as they fell around him.

小徑被堵住了。到處都是人的腳。突然，有個金銀相間的東西咻地飛上天空，然後像一陣流星雨般爆了開來，落在莫伯利的身邊，他害怕得吠了起來。

block [blɑk] 動 堵塞
explode [ɪk`splod] 動 爆炸
shower [`ʃaʊɚ] 名 陣雨
yelp [jɛlp] 動 吠叫

He ran through the forest of legs.
He heard shouts and **screams**.
People **trod** on his **paws**.

他ㄊㄚ穿ㄔㄨㄢ過ㄍㄨㄛˋ人ㄖㄣˊ群ㄑㄩㄣˊ。

他ㄊㄚ聽ㄊㄧㄥ見ㄐㄧㄢˋ人ㄖㄣˊ們ㄇㄣ的ㄉㄜ叫ㄐㄧㄠˋ喊ㄏㄢˇ聲ㄕㄥ和ㄏㄢˋ喧ㄒㄩㄢ鬧ㄋㄠˋ聲ㄕㄥ。

有ㄧㄡˇ人ㄖㄣˊ踩ㄘㄞˇ到ㄉㄠˋ他ㄊㄚ的ㄉㄜ腳ㄐㄧㄠˇ。

scream [skrim] 名 尖叫聲
tread [trɛd] 動 踩，踏
　（過去式 trod [trɑd]）
paw [pɔ] 名 爪子

Mulberry ran as fast as he could. He saw a **gate**. He ran through it and out of the park.

He came to a road. Cars zoomed past him. Lorries boomed past him. Then...

莫伯利使勁地快跑。他一看到出入口，便毫不猶豫跑了過去，離開了公園。

他來到一條大馬路上，車子隆隆地經過他身邊。卡車也轟轟地經過他身邊。然後……

gate [get] 名 出入口；大門

"**M**ulberry, stay!"
Mulberry stepped off the pavement.
"Stay, Mulberry, stay!"

Mulberry pricked up an ear.
He knew that voice.

「莫伯利，別動！」

莫伯利走下人行道。

「別動！莫伯利！不要動喔！」

莫伯利豎起了一隻耳朵。

他認得這個聲音！

"We're coming, Mulberry. Good boy, Mulberry, we're coming."

And there they were, full of **hugs** and **kind** words. Mulberry leapt at them.

"I'm so pleased to see you," he barked.

"I've been so **frightened**. Please put on my **lead** and take me home."

「我ㄨㄛˇ們˙ㄇㄣ來ㄌㄞˊ了ㄌㄜ˙，莫ㄇㄛˋ伯ㄅㄛˊ利ㄌㄧˋ！好ㄏㄠˇ狗ㄍㄡˇ狗ㄍㄡˇ，莫ㄇㄛˋ伯ㄅㄛˊ利ㄌㄧˋ，我ㄨㄛˇ們˙ㄇㄣ來ㄌㄞˊ了ㄌㄜ˙！」

他ㄊㄚ們˙ㄇㄣ迫ㄆㄛˋ不ㄅㄨˋ及ㄐㄧˊ待ㄉㄞˋ地˙ㄉㄜ張ㄓㄤ開ㄎㄞ手ㄕㄡˇ擁ㄩㄥ抱ㄅㄠˋ莫ㄇㄛˋ伯ㄅㄛˊ利ㄌㄧˋ，口ㄎㄡˇ中ㄓㄨㄥ還ㄏㄞˊ說ㄕㄨㄛ著˙ㄓㄜ安ㄢ慰ㄨㄟˋ莫ㄇㄛˋ伯ㄅㄛˊ利ㄌㄧˋ的˙ㄉㄜ話ㄏㄨㄚˋ語ㄩˇ。莫ㄇㄛˋ伯ㄅㄛˊ利ㄌㄧˋ跳ㄊㄧㄠˋ到ㄉㄠˋ他ㄊㄚ們˙ㄇㄣ身ㄕㄣ上ㄕㄤˋ。

「看ㄎㄢˋ到ㄉㄠˋ你ㄋㄧˇ們˙ㄇㄣ真ㄓㄣ好ㄏㄠˇ！」他ㄊㄚ汪ㄨㄤ汪ㄨㄤ地˙ㄉㄜ叫ㄐㄧㄠˋ著˙ㄓㄜ。

「我ㄨㄛˇ剛ㄍㄤ才ㄘㄞˊ好ㄏㄠˇ害ㄏㄞˋ怕ㄆㄚˋ哦˙ㄛ！幫ㄅㄤ我ㄨㄛˇ套ㄊㄠˋ上ㄕㄤˋ項ㄒㄧㄤˋ圈ㄑㄩㄢ，帶ㄉㄞˋ我ㄨㄛˇ回ㄏㄨㄟˊ家ㄐㄧㄚ吧˙ㄅㄚ！」

hug [hʌg] 名 擁抱
kind [kaɪnd] 形 親切的
frightened [`fraɪtn̩d] 形 害怕的
lead [lid] 名 皮帶，繩子

49

When he saw home, he raced to the door.

Let me in.
Let me in!
讓我進去。
讓我進去嘛！

He went inside and **made quite sure** that the door was closed behind him.

他一看到家，便往大門衝了過去。

他進到屋子裡面之後，還不忘確定他身後的門是否已經關起來了。

make sure 確定

quite [kwaɪt] 副 十分地

He ate his doggy **crunchy** things and played with his squeaky ball.

"I'll never go to the park alone again," he whimpered as he sat in his basket. Then he **licked** his paws clean, closed his eyes, and fell fast asleep.

現在，他不僅有又鬆又脆的狗食可以吃，還有吱吱球可以玩。

「我再也不要自己一個人去公園了。」他坐在狗窩裡，低聲嗚嗚地說。他把腳掌舔乾淨之後，閉上眼睛，一下子就睡著了呢！

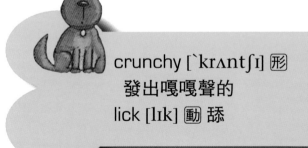

crunchy [ˋkrʌntʃɪ] 形
發出嘎嘎聲的
lick [lɪk] 動 舔

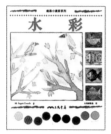

創意小畫家系列

榮獲聯合報《讀書人》版年度最佳童書！

——由西班牙Parramón ediciones,S.A.獨家授權出版

 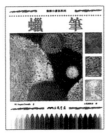  

當一個天才小畫家
發揮想像力
讓色彩和線條在紙上跳起舞來！！

一共15本，教你怎麼用面紙拼貼、
畫各種風景、動物，
還有冰淇淋哦！！

每天一段奇遇、一個狂想、一則幽默的小故事
365天，讓你天天笑開懷！

中英對照喔!!

伍史利的
大日記 I、II
——哈洛森林的妙生活

Linda Hayward著／三民書局編輯部譯

有一天，一隻叫做伍史利的大熊來到一個叫做「哈洛小森林」的地方，並決定要為這森林寫一本書，這就是《伍史利的大日記》！

你看，青蛙爸爸正在為他九百九十八個蝌蚪寶寶取名而傷腦筋，而浣熊洛奇則是為媽媽做情人節蛋糕……日記裡的每一天都有一段歷險記或溫馨有趣的小故事，不管你從哪天開始讀，保證都會有意想不到的驚喜哦！

國家圖書館出版品預行編目資料

莫伯利蹺家記 = Mulberry alone in the park / Sally
　Grindley 著；Tania Hurt-Newton 繪；張憶萍譯.
　 ──初版. ──臺北市：
　三民，民88
　　面；　公分
　ISBN 957-14-3006-4（平裝）

　1.英國語言─讀本

805.18　　　　　　　　　　　　88004017

網際網路位址　http://www.sanmin.com.tw

ⓒ 莫伯利蹺家記

著作人　Sally Grindley
繪圖者　Tania Hurt-Newton
譯　者　張憶萍
發行人　劉振強
著作財　三民書局股份有限公司
產權人　臺北市復興北路三八六號
發行所　三民書局股份有限公司
　　　　地址／臺北市復興北路三八六號
　　　　電話／二五〇〇六六〇〇
　　　　郵撥／〇〇〇九九九八──五號
印刷所　三民書局股份有限公司
門市部　復北店／臺北市復興北路三八六號
　　　　重南店／臺北市重慶南路一段六十一號
初　版　中華民國八十八年九月
編　號　S85475
定　價　新臺幣壹佰壹拾元整
行政院新聞局登記證局版臺業字第〇二〇〇號

ISBN　957-14-3006-4（平裝）

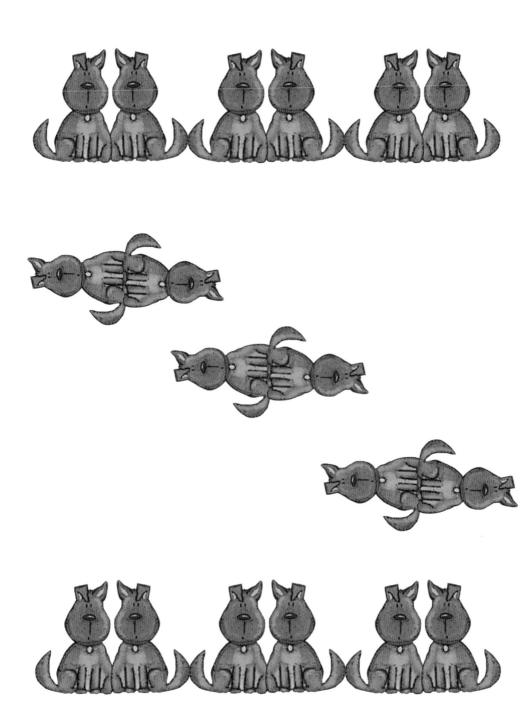

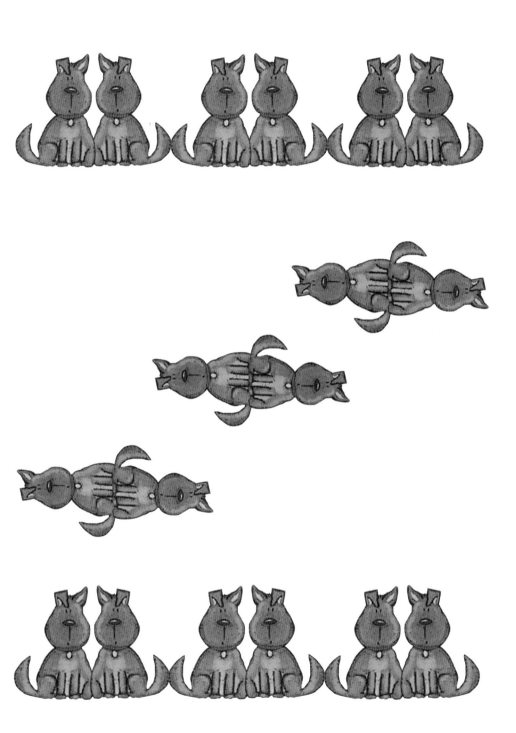